KB064371

땅고風으로 그러므로 희극적으로

| 시인의 말 |

나는 내 삶이, 내 시가 탱고처럼 항상 터무니없이 즐겁고 재즈처럼 건들거렸으면 좋겠다, 라고 세상의 눈치를 살짝 보며 중얼거리고 있다.

| 차 례 |

제2부 가려운 피

제3부 말보로를 피는 여자

제1부

사쿠라 사쿠라

사쿠라 사쿠라

당신은 오지 않고 그날, 사쿠라는 졌네
사쿠라 사쿠라 재즈 스타일로 나는 휘파람을 불었어
살랑살랑 낙하하는 사쿠라 꽃 사이
지지 않는 태양 빛이 거기서, 난분분
당신은 보이지 않는 저기 어느 곳에
아직 어린, 그늘도 없는 벚나무 아래
돗자리 방석을 깔고
녹차 한 잔을 마시더니 이내
가버렸네 깔깔거리던 그 웃음이
여직 들리는데 당신은 저만치
걸어가고 있네
사쿠라 사쿠라
콘트라바스의 저음이
세상에 가득 하네

성긴 눈

안데스에서 왔어요, 라고
옛날, 내 애인의 입술을 닮은 여자가
말했다 살짝 건드리면 이내, 교성이
터져 나올 듯했다, 라고 나는
생각한다
그녀는 그녀가 아니고,
그녀는 이제, 이미, 없다
그, 당신의 안데스에서의 사랑 이야기나
들어 봅시다 그녀가
말처럼 크흥 소리를 내며
기린 맥주를 한 잔 쉬지 않고
마신다 그때,
카페 음악스케치의 사장 겸 전속 가수
겸 지방대학 대중음악과 겸임 교수
이용호 씨가 긴 손톱으로 기타를
연주한다 개여울이 흐르는 지하 카페
그녀가 아닌 그녀가 웃고, 마신다

그녀는, 그녀가 아니었지만
먼 옛날 그녀의 교성을 되새기며
나도 웃고, 마신다
파닥파닥, 계단 위 포도 위로
성긴 눈이 내리고, 애인은
여직 오지 않는다

호세 펠리시아노

그래, 한때 거기 사랑이 있었지
우연히도 비가 내리고
베트남 국수집에서 내놓은 화분에
빗방울이 치고, 지렁이 선인장이
그 비를 맞았지
그래, 거기 한때 사랑이 있었어
너는 비린 국물을 후루루 마시고
비가 그치고, 해가 다시 떠오르고
이윽고 이제는, 네가 멀리
떠날 시간, 그래 우연찮게도 거기
사랑이 있었고 눈부시는
여름의 오후 두 시
그 시간을 밟으며 네가 이제는
떠나가는구나
비린 국물을 담고 있는, 식은,
내가, 아니 네가,
아니 너와 내가 익사하는,

호텔 튀니지아 1024호
안녕 바텐더, good night 베티,
굿 나잇 디지 길레스피

9월의 사랑

그의 아내가, 그의 친구를, 강간, 했다는
것을 알았을 때 그는 문득, 아내를
죽여야 할지
친구를 죽여야 할지, 도무지 알 수 없는,
드디어는
살아 있다는 것이, 무엇인지
죽는다는 것이 무엇인지, 를 망각했다고
생각했다 마치 방금 전까지, 삶이
무엇인지 죽음이
무엇인지, 죽인다는 것이
무엇인지, 살린다는 것이 무엇인지를
명확하게도 알고 있었다는 듯이, 그것은
그에게 오로지 망각된 것으로만, 느껴졌다
그는 그가 망각한 것을, 기억해내기 위해
연필을 깎았고, 책상 위의 白紙에
성난 그의 아내의 성기와
축 처진 친구의 자지를 그려 넣었다

(그는 그 옆에 낫을 정성 들여 그렸다가 다시 정성 들여 지우개로 그 낮을 지웠다)

지우개가
낫의 선을 문지를 때 나는
성난 그의 아내의 성기와
축 처진 친구의
자지까지 쓰으쓱 지워 나갔다

(그러고는 그는 자신이 무엇을 지웠는지를 잃어버렸다)

그는 여전히 고무지우개로 백지를 쓰으 쓱
지워나간다 쓰으윽 쓰윽 쓰으 쓰으 쓰

(잘 알지도 못하면서; 홍상수)

가부좌 튼 야만인

그 타히티의 여인은 오늘 안녕한가
청바지에 법복 입고, 가부좌 틀고
떠나온, 두고 온 여자를 생각하네
열사의 망고나무
아래, 흐느끼던 그녀의 교성을
나는 사랑했네
성난 상어처럼 이빨을 세우고
흐느끼던 살갗의 쾌락
증기선의 맥박처럼 뛰던, 뛰놀던
솟구치던 염통의 즐거움을 나는
증오했네, 사랑했네
燒酒[소주]에 밥 말아 供養[공양]하는 밤
아, 그 타히티의 여인은 오늘 안녕하신가
바다 건너 피안을 향해
쯧쯧쯧쯧 모스 부호 때리며
木魚는 유영하고
근엄하게 가부좌 틀어 나는

묵상에 드네 아,
그 타히티의 여인은
오늘 정말 안녕하신가

琉璃 유리

너는 거기에 나타났다가, 사라졌다
한여름인데, 어디선가 겨울바람이 불어 왔다
거리는 사각거린다
네가 떠난 겨울은
아직 이 도시에
미끄러진다
여기 햄버거 나오셨습니다
도착된 언어의
햄버거를 너와 함께 씹는다
(햄버거를 씹는 일이 이처럼 죄송할 수도 있다)
겨울바람이 훑는 여름 거리를
네가 걸어간다, 벌거벗은 채
듬성한 너의 음모가
햇빛에 따갑다
햄버거를 씹으며
나는 너의
항문 속으로 기어 들어갔다

너의 괄약근에 매달려
연등처럼
빛나는
나,
너의 피와
애액과
오물이 섞여
내 정맥을 흘렀다
(어디선가 흥겨운 뱃노래)
너는 거기에 나타났다
(나는 여전히 이승의 개똥밭에 뒹굴고)
사라졌다

설원의 자야

사위는 눈이다 눈이 부시다 멀리서 검은 연기가 이동 중이다 증기기관차가 검은 연기를 내뿜으며 어딘가로 가고 있다 눈을 돌리자 그 맞은편에서 한 달마승이 눈 위에 가부좌를 틀고 묵상 중이다 형체를 알 수 없는 사물이 푸른빛을 띠고 그의 무릎 위에 놓여 있다 눈의 평야에서 만난 그 달마가 나는 전혀 낯설지가 않다 이미 얼음처럼 굳어 단단해진 눈 위를 걸어 천천히 그에게 다가간다 근엄하게 가부좌를 튼 그의 눈은 동그랗다 그 어느 곳도 응시하지 않는 동그란 눈 그 안에 찍힌 검은 점 아마 그는 죽어 있는 것이지도 모른다 며칠이고 뜬눈으로 날을 새다가 굶어 미라가 된 것인지도 모른다 나는 천천히 그에게 다가간다 얇은 버버리코트가 바람에 날려 한기가 몸을 훑는다 깃을 곧추 세운다 내가 바투 다가서도 그는 눈동자를 움직이지도 가부좌를 풀지도 않는다 추위와 바람으로 나는 눈살을 찡그린다 따뜻한 커피 아 자야와 함께 마시던 까페 사이공의 그 베트남식 커피와 담배 맛이 그리워진다 퍼pho 자야의 몸매처럼 희고 가늘어 입맛을 돋우던 퍼 그리고 닭고기를 우려낸 따뜻한 국물 전생이 있다고 생각해?

업이라는 걸 믿어? 시장통 뒷골목의 누린내가 진동하던 그
식당 퍼진 코와 둥글넓적한 얼굴을 가진 여자가 한쪽에서
야채를 다듬고 있었던 사이공의 식당에서 그녀는 물었지 나는
대답을 않은 채 식당 문밖을 멀거니 쳐다보았어 그때 붐비지
않는 시장통을 팔이 하나 없는 어린 아이가 지나가고 있었지
달마의 눈동자는 고정되어 있었고 추위와 바람은 여전하다
나는 코트 깃을 더욱 여민다 턱이 점점 위 아래로 흔들린다
달마의 무릎 위에 놓인 물체는 자세히 보니 사자의 머리였다
포효하는 순간 사무라이의 칼이 썩 그어버린 듯 잘린 목에
푸른 피가 굳어 있었고 털에는 몇 송이의 눈 난 이 남국이
좋아 퍼 국물을 후루루 마시고 난 후 자야는 내게 말했다
업이랄 수도 있겠고 그 업을 따라 자야는 히말라야로 갔다
사위는 눈이다 눈이 부시다

비

애인 없이 홀로 겨울 감포에 갔다

허공에 명쾌한 직선의 길을 내며
비가 익사하고 있었다

대가리를 꼿꼿이 세우고
난바다로 내리꽂히는
비

한 치의 의심 없는
저, 비의 투신공양

애인을 위하여 죽을 수 없는, 나는
횟집 유리창 밖 비를 보며
홀로, 매운탕을 먹었다

매운탕 위로 땀이 툭, 떨어진다

비

가을 감은사지

햇살이 드러내는 허공의 실핏줄

저, 얽히고설킨 빛의 만경창파여

허공에

배 띄워 또, 한 천년

잠들어보자, 숨결 없이

애인이여 우리 여기서

푸른 사과를 베어 물고

잠들어보자, 배 띄워

이 배는

또, 어느 가을에

가 닿을꼬

(옛 탑 아래서 애인은 구운 옥수수를 사 먹는다)

木浦목포

뒷개에 습한 바람이 불어 애인이 웃네

홀로 목 메인 애인이여 슬픔은 떠나지 않네

내가 있네, 거기, 그대 위해 울지 못하는

월요일

어제를 잘 쉬었으므로
오늘의 육체는 달콤하다
반지하 창문의
굵직한 쇠창살을
드나드는
가을비의 밀롱가milonga
부에노스아이레스의
여자는, 소식이 없고
이 세상에 어머니가
너무 많아 습한
오늘은
월요일
어제를 잘 쉰
달콤한 육체의
오후
다

제2부

가려운 피

가려운 피

피가, 피가 가려워, 제,
몸을 태워, 제 몸을 가렵히는, 저,
향을 태우며, 앗 뜨거, 앗,
뜨거 하면서, 제 몸을, 가렵히는
저, 향을 태우며, 나도, 저,
향불처럼 타오르며, 피가 가려워,
향불이 타며, 저를, 간지럽히며,
앗 뜨거 하면서도 낄낄낄낄,
웃어대고, 나도, 나를 태우며,
앗 뜨거 외쳐대며, 나를, 죽이며
깔깔깔 웃어대고, 아,
이, 간지러운 피,
향이 타, 내가 타,
향이 죽어가, 내가,
죽어가, 피가,
피가, 가려워

탱고 0

사랑이 찾아왔고,
여름 해가,
빛나고 있었다
육체에선, 유쾌한 분비물,
미끌미끌한 내 삶이,
깊은 자궁 속에서, 불려나와,
반도네온에 섞이며,
춤을 추었다
어디선가 밀려오는
아카시아꽃 냄새를 맡으며,
끌려나온 나는,
불려나온 나는, 춤을 추었다
사랑이 찾아왔고
가위에 눌리며, 나는,
울었다 껵껵
서럽게, 울었다
춤을 추며, 유쾌하게,

울었다

탱고 1

한 여자가 몸을 가르며 울었다
아, 그 목젖 끝의 신음소리

울던, 울부짖던
낄낄거리던,
혹은 조소하던, 그 소리

(라스게아도로 연주되는 거트현)

창자를 비틀 듯, 애가 끓듯
한 여자가 울었다
몸을 가르며
울었다

근종을 앓는 그녀의 자궁 속으로
뚜벅뚜벅, 내가 걸어 들어갔다

(막힌 길)

탱고 2

나 죽어

누구나 다 죽는 거야

애인이 죽음을
선언했을 때, 나는
언어학 입문을 읽고 있었다

(죽음에 입문하는 그녀, 가엾은 나의 애인, 입문이 곧 종말이 되는)

나 죽어

응

제 팔목을, 면도칼로, 긋는,
귀여운 송곳니를 날 세워,

죽어가며, 나를, 저주하는,
사랑하는, 나를, 물어뜯는,
나의 작은 독사

나 죽어

잘 가

욕탕의 물이 애인의 피로
붉어 갈 때
언어학 입문을 덮고
난, 라 콤파르시타를 전축에 올렸지

레퀴엠

(제이비엘 스피커를 울리며 애인을 장송하는, 나를 흥겹게 하는)

탱고 3

자,
이제,
당신의 (아니 우리의),
목에, 삼줄을 걸어야겠어
찰나가,
당신을,
(아니 우리를),
자유롭게 해줄 거야
물론, 약간의 고통은 (…)
곧, 고요한, 편한,
달콤한, 시간이, 당신을,
(아니 우리를), 맞이할 거야
이제,
당신은
(아니 우리는)
따뜻한 곳에서, (어딜까?)
카마의 노래를 들을 수 있을 거야

자, 당신의 (아니 우리의)
사랑을 위하여,
밤새 꼬아둔, 삼줄을,
당신의 (아니 우리의) 목에
걸어야겠어
슬퍼?

탱고 4

—진중하게 그러나 한없이 가볍게

오, 나를 할퀴어줘
나의 등허리를, 나의 둔부를
너의 그 삼천 년 된 긴 손톱 끝으로
내 몸에 피의 홈을 파줘
나를 짓이겨줘
돌기 돋은
너의 혓바닥으로
나를 맛보아줘
나의 피를 핥아줘
(감미롭게)
그리하여
당신의 염통 그 어딘가에
나를 심어줘
쾅쾅
내 해골로 오함마를 만들어
쾅쾅, 나를
말뚝 박아줘

薄暮

나를 실은 장의차가 서쪽을 향하여 서 있다
지는 햇빛이 강물을 일그러뜨리고 애인은 무표정하다
카스테레오 저편에서 랩이 금강경처럼 읊어진다
죽음의 무료함을 이기지 못하고 내가 말한다

“이제 그만 가자”

“그래”

강갈매기 한 마리 박모 속으로 사라졌다

독사의 꿈

그대의 살 속 깊이 파고들어가고 싶었어
그대의 심장에 내 붉은 독을 풀어놓고 싶었어
그대의 염통이 내뿜는 혈관 구석구석
나의 독으로 가득 채우고 싶었어
그리하여 그대의 몸 독극물로 희희낙락 떠돌다가
그대 심장이 멎고 피가 식어 부패할 때 나는 다시 뱀으로 환생하여
다음 生을 풀밭에서 그대 찾아 주유하고자 했었어
또다시 그대의 발꿈치를 찾아 헤매고자 했었어

러시안 룰렛

번들거리는 눈빛은 갖지 않으리
모호하게 웃어 제끼지도 않으리
사랑했던 사람도 생각하지 않으리
새벽에 총알을 재리라
과녁을 향하여 총알은 날아가리
순백의 뇌수가 쏟아지고
그 위를 이윽고 피가 물들이리

부처여, 소신공양이로세 부디,
받아들이시라

노래

두들겨다오, 나의 한쪽 무릎이
너덜너덜 해지도록, 그리운 오함마
쇠의 빛으로, 두들겨다오
이 도시가, 태양으로
잠식당하기 전에, 이 도시가 힘겨운
시험에 들기 전에, 그리하여
탱고 음은 뒷골목에 몸을 깃들고
어둠이 내 영혼을
감싸 안도록, 두들겨다오
내 혓바닥에 쓴 물이 돋도록,
너덜너덜한 피와
살을, 꿈속의 사랑스런 새가
쪼아 먹도록, 내 혀와 무릎과, 나의 혼이
지린내 나는 바람에 뒤섞여
더욱, 상처 입도록, 두들겨다오
그리운 오함마,
어둠에서 빛나는

쇠의 빛으로

밤의 밀롱가

술 취해, 전봇대 밑에 쪼그리고 앉았지
고양이 한 마리, 먼저 와 갸르릉거리고 있었어
안았지 (안으니까 안기는 거야) 안겨서는
음음, 신음소리 그때, 요기가 되기 위해
네팔로 떠난 옛날 애인이 생각났어
내 몸을 음속 돌파해 나를 (떠나) 버린
여자
내 생이 그때 탕, 튕겨졌다고나 할까
슬그머니 고양이를 풀어주었지
저만치 가다가 나를 보더군
아, 그 푸른 안광

막달라 마리아

자궁이 깊어 슬픈 내 여자 나의 혀를 잘게 회치는, 나를 효수하는, 내 정강이뼈를 부수고 내 어금니를 뽑는, 그리하여 한없이 자비로운, 내 여자 너는 끝내 오지 않고 포호아에서 홀로 레몬즙을 짜 쌀국수를 먹었다 닭고기를 우려낸 국물은 슬펐고 어디선가 전갈의 울음소리가 들렸다

生

달을 실어가는 저 강은
달빛 속을 흘러가는 강이다,

라는, 이 말장난은
나는 너야, 라는, 사랑 고백이었지만
사실, 지독한 자기애였다

달빛 속을 흘러가는 강은
달을 실어가는 강이야, 라는

이 서정적 언어유희는
사랑 고백이었지만, 실은
(한 번 하자는)
지독한 자기 혐오였다구

생각해봐, 나는 나야 했으면
네가, 줬겠어

제3부

말보로를 피는 여자

사하촌 일박

새벽 종소리가 울렸다

비자 숲 안개의 입자에 젖은
소리
사위가 고요히 진동한다
자신의 육체를 떨어내는
안개가 스며 젖은
금속성
낮게
그리고 깊게
내뱉는 저, 산의
교성

너는 없고, 없는 너를 안게 하는

판토마임

—땅고風으로 그러므로 희극적으로

그는 빵을 즐기지 않는다
그는 빵을 좋아하지 않는다
그는 아예 빵을 먹지 않는다
그러나 그의 내부에
이스트 먹은 밀가루 반죽이 부풀고 있다
그는 빵을 즐기지 않으므로
그는 빵을 좋아하지 않으므로
그는 아예 빵을 먹지 않으므로, 때문에
그는 빵을 구울 필요가 없으므로
반죽은 빵이 되지 못하고
부풀고 있다. 부풀고, 부풀고, 부풀고 있는
반죽은, 그의 내부에서 외부로 새나가고 싶다
콧구멍을 통해, 귓구멍을 통해, 뒷구멍을 통해
반죽은 새나가려 삐죽거리지만
그의 입 구멍은, 그의 앞 구멍은
꽁꽁, 코르크 마개로 밀봉되어 있다
이스트 먹은 빵 반죽은

부푼다. 그가
따라서 부푼다
빵을 즐기지 않는 그는
빵을 좋아하지 않는 그는
아예 빵을 먹지 않는 그는, 이제 스스로
빵이 되어 버릴 수밖에 없다.
그는 이제 빵이다

紅焰홍염

저 미친 불길 속에서
내가, 활, 활, 타고 있다
화장당하고 있다
생의 관절이
우드득 타며, 부서지고
새파란, 죽은, 소름 돋은 세포가
焚死분사하며 무슨 말인지
알아먹지 못할
그러나, 알아먹을 것만 같은
아우성을 치고 있다
그 아우성 잡으려, 홀연
쇠망치든 십이신장들 나타나
고함지르며, 날뛰며, 모래를 씹으며
쇠절구통에, 나를,
짓빻는구나
이윽고, 가루가 된 나
바람 타고 十方시방의 세계로 흩어지네

내 뼛가루 흩어진 저 세계가 붉게
변하네, 아, 저 紅焰

평온한 비애

폐사지가 된 나의 성소여, 낡으신 어머님이 누워 주무신다

地下鐵

汽車는달린다주름진어둠의子宮을向하여시무룩한情蟲들

木浦 노을

저 빛나는 햇살, 에
비로소
자신의 광채를
드러내는
우울
이때는
마음의 심해가
처연히 웃는
시간
바다는 고요해서
오히려
거칠고
미인은
스스로가
미인임을 안다,
고 느낄 때 나는 속물주의자가 된다,
고 말하는 나는

스스로가
미인이 된다
추억이 없는 자 행복하리
죄짓지 않았음으로

전등사

몸이 만들어낸 위대한 욕망이여
지붕을 이고 천년을 벌설 수 있다니
생을 팔아 사랑할 수 있다면
형벌은 새의 깃털처럼 가벼운 것,
이었으리라 생각하며, 나는
백 원짜리 동전을 석조 물통에 던졌다
팽그르르 제 길을 만들고
지우고, 슬며시 물의 심연에
가부좌를 트는
백동전

(당신, 거기 있는 거요?)

女僧

LG25시 플라스틱 간이의자
반가부좌 틀고 여승이 목하 수행 중이다

자동차가 한여름의 열기를 흩뿌리고
여승은, 천천히 아이스크림을 핥는다

구석구석 부드럽게
얕게
깊게, 빠는

세 치 혀의 세밀한 점진수행

시간이
아주, 느리게, 흘러간다

고인돌

너는 고인돌 위에서 잠들었다

햇빛이 청동 숲 사이에서 반짝였다

무덤을 베고 누운 너의 무덤
지금 여기는 햇빛만이 시간이다

더 이상
부유하지 않는
너

한 천년, 푹 주무시라
움직이지 않는
저, 시간의 바깥에서
한 천년
고요히 머무르시라

그렇게 안녕하시라

말보로를 피는 女子

여자가 재를 떤다
oh, nice day, 날씨가 좋아
여자가 연기를 내뿜는다, 하품이다
눈물이 반짝, 여자의 담배 연기에 섞이며 빛난다
가문비나무에서 가문비나무로
훌쩍
새가
뛰어 넘는다, 라고 여자가 쓴다
까페 바그다드의 로고가 찍힌 메모지다
(Zoom in)
이 생에서
저 생으로의
good nice jump!
女子는 한순간 생이 지겨워졌는지도 모른다
한순간 삶이 지워지고, 또 다른, 살아야 할, 살아가야 할
生이
화안하게 자신의 생 앞에 펼쳐졌는지도 모른다

여자가 바라보는 창문 밖은 겨울과 가을

사이,

햇빛이다

추신: 배경음악은 Manha De Carnaval, Bossa Nova風으로

그

그가 그를 보고 있다
그의 그가 그를 보고 있다
그의 그의 그가 그를 보고 있다
그의 그의 그의 그가 그를 보고 있다
여기에서는 어디에나 그가 있다
언제나 여기에서는, 그는 그에 속하고
그에 속한 그 또한 그에 속한다
여기에서는 그가 본다/그만이 본다
여기에서는 그가 보면 모든 나가 너가
사라지거나 지워지거나 그림자로 남거나
웃거나 울거나 하면서 그가 된다
그리하여 그가 되어 그를 본다
여기에는 오직 그가 있을 뿐이다
(라고 그가 말한다/본다) 모든 것이
투명하게 실핏줄과 섬유질과 신경줄에
그의 시선이 빛을 내며 드러낸다/난다
드러내며/나며 그의 시선이 그가 되어

그를 본다

여기에서는

그가 그를 보고, 그가 그를 본다

여기는 광활한 빛의 사막이오

보이지 않는 것이 없소

급히 SOS를 보내오

그가 보내는 신호를 그가 본다 신호가

그가 되어 그를 본다

頌 거시기

카마수트라는 經이므로, 거기에 길이 있다
(있을 것이다) 解脫로 가는 문은, 그러므로
그녀의 거시기인데
나는 꼭 그녀의 거시기 앞에서
거시기 거시기 말만 더듬는다
조루는 깜박 잘못 들으면
조로와 비슷하다 그래, 나는, 너무,
빨리 늙었다
쉬바와 칼리의 거시기가 부딪치며
하늘 버언쩍, 밀어 넣으며
받아들이며, 밀쳐내며, 다시,
받아들이며 만들어내는 저 하늘의
일렉투로우닉 파우워
번개, 마른하늘의 염화미소
자고로 이 밤 메트로폴리스의 하늘
아래서, 해탈로 가는 문을 찾는 그대들이여
부디 成佛하시라

유달산

무적소리가 길게 길게 명부까지

가 닿을 듯 말 듯, 닿을 듯, 아슬아슬하다

선창가 극락 횟집에서 죄 없이 멱을 따이는 넙치

비명소리가 바다에 가득하다

네 살을 먹고 떠나간 여자는 소식이 없고

가부좌 튼 倭式(왜식) 암각 부처가 소리 죽여 흐느끼는 밤이다

제4부

공황장애

또 다른 生

중력이 소멸한 삶은 주변이 없다

버스는 성산대교를 가볍게 넘어간다

이쪽에서 저쪽으로

아주 아주

무사태평하게 삶은 부유한다

술 마신 듯 해가 서해로 고개를 처박고 있다

入院

후배가 술 마시고 내친 주먹에 골절된 안와골
뼈다귀 파편 개안해 들어내고 (아, 開眼!)
플라스틱 뼈를 박았지
전신마취는 漸修더군, 확 깨지를 않아
올라갈 듯, 올라갈 듯 기갈이 나는데
그 환장할 오르가슴은 오지를 않더군
진통제를 맞고, 흐릿한 의식으로 창밖을 보았어
시베리아의 바람을 타고 겨울이 올락말락,
와 있더군
도스토예프스키 선생의 꺼칠한 수염 같은
미루나무 가지에 겨울이 윙윙거리며
걸려 있었어
만 이틀 동안 물 한 모금 마시지 못했으니
기갈이 들었는데
3mm 유리창 밖, 유리창 안으로 들어올락말락 하는
그 겨울에서 시베리아 자작나무 숲 냄새가 나는 거야
갑자기 목이 싸해지면서

비후성비염의 콧구멍이 확, 뚫리더군
그리고 나를 떠나간, 나를 버린, 나를 짓이긴
(것 같았던) 옛 애인에게 전화를 걸었지
(아프다, 집에서 근신해라)
수화기 저어편에서 깔깔거리는, 웃음소리가
들리더군 깔깔깔깔깔깔, 숨넘어가는, 나도 막,
낄낄낄낄 콧물이 나고 눈물이 흐르며, 담배가 피고 싶었는데
잠이 들었나봐 눈을 뜨니 맞은편 침대
대장암으로 개복 수술한 정선 군내버스 기사
김여인(49세 男) 씨 부부가 도란거리며 밥을 먹고 있었어
아, 그걸 보니 울컥 눈물이 나는 거야
開眼? 頓悟漸修[돈오점수]? 개똥 같은,
아내가 받아다 준 밥, 나도, 맛나게 먹었지

공황장애

없는 것을 느끼는 것은 병이다

가정의학과 젊은 여의사는 내게
자낙스를 처방해주었다
이를테면, 있는 것만 느끼라는 것이다

허공은 없다

그래, 나는 허공을 베었다
허공을 베어, 토막 난 허공을
허공에 쌓았다

저, 허공에 쌓인
없는 것

없는 것을 베니, 아프지

아무도 없는 아침

아이들은 유치원에서 동물원 구경 가고
오늘도 우리들의 일용할 양식을 구하러 아내는 출타 중이다
늦은 잠 깨 부엌에 차려진 밥상 맛나게 먹고
마당에 나와 참새와 논다. 아무도 없는 이 아침
참, 참새는 텃새지, 라는 생각이 날렵하게 스친다
우리 집 참새는 장하게도 사람을 무서워하지 않는다
내가 던져준 식은 밥알 콕콕 앙증맞은 부리로 쪼며
착하게도, 아무도 없는 이 무료한 오전을 녀석은
나와 놀아준다. 아, 아직도
나와 놀아줄 텃새 몇 마리 있다는 것
나는 행복하다, 라고 중얼거려도
아무도 없는, 떠나버린, 이 아침은 역시
고백컨대 외롭다
그 외롬 잊어버리자 백일홍 나무 위에 참새 두고
커피 한 잔 빼 마시러간다
영암 슈퍼 커피 자판기는 항상 탱탱 불어 있다
동전 세 개 은밀하게 밀어 넣고

새끼손가락으로 톡 건드리자, 곧바로, 사정한다
아이쿠 어디선가 밀려오는 흥건한 밤꽃 냄새
(모르는 사이 벌써 계절은 초여름이구나)
종이 커피 한 모금 홀짝거리며
다시 들어서는 녹슨 철대문 안 내 집
아무도 없는 아침, 참새가 백일홍 위에서 여전히
놀고 있다

공황장애 2

—칼刀

모든 세포 구멍이 닫힌다. 바람 때문이다. 서걱대는 댓잎 소리 때문. 보이지 않는 곳, 그러나 느껴지고야 마는 곳에서 뱀의 혓바닥소리, 공격하겠다는, 한 번 꽂히면 그것으로 그만인. 늙어가는 피부가 긴장한다. 그 소리는 어쩌면 댓잎소리의 변조인지도, 존재하지 않는, 그러므로 존재하는. 대숲. 습지를 뱃가죽으로 기는 살모사, 지네 모기 등이 병단을 이루어 비상대기하는. 그가 칼을 잡는다. 일본도다. 그가 눈을 감는다. 그의 얼굴은 평온하다. 그러나 그것은 위장된, 평화, 쉭쉭대는 뱀의 혓바닥소리. 대숲의 가장 깊은 곳 감나무 가지에 내가 매달려 있다. 육탈한 채. 내 목을 걸고 있는 당목천이 누렇다. 그가 왼손으로 칼을 감아쥔다. 능숙하고 날렵한 손 놀리는 소리. 쉭쉭대는 뱀의 소리. 칼이, 칼들이 허공을 가른다. 육탈한 나의 시신을 바람이 흔들어 놓는다. 모든 세포 구멍이 닫힌다.

육탈한 시신이여, 여전히, 무겁구나

寂猫 적묘

목포 버스 터미널 뒤편
13번 시내버스 정류장 건너편
회색 고양이님 한 마리
주무시듯, 턱 괴고 입적하셨다
뭇 부처, 보살, 뭇
사부대중아
나무/나무/나무
관세엠보살,
장엄하게 읊조려다오
저렇게
또,
한 세상이
저문다

(나는 서둘러 서울로 가는 버스표를 끊었다)

항문내시경

한 스무 번 묽은 똥 게워내고, 빤쓰 벗고
엉덩이만 뚫린, 희극배우의 연미복 같은,
그러나 뚜렷하게 비극적인
가운 걸치고
굴신 자세로 누워 잠드는
시시한
육체
수면제가 만들어 준
꿈 없는 잠 속에서 꿈꾸는 동안
로봇은 내 똥구멍을
뚫고 들어가
울퉁불퉁한, 매끄러운
腸의 계곡을 기어가며
은밀하게
주요 부위를 탐사하고
인화한다
저, 놀라운 文明의 정밀성

나는, 여전히, 잔다

(자고 싶다)

바다

유리창을 열면, 세계는 나를
섬으로 유폐시킨다
끝없이 이어지는 十方의 통로
어디로도 갈 수 없는
세계로 뚫린 저 바다
시큼한 바다
한 발 내딛는 순간
허방이 되는
내게 허용되는 건 단지
바라보는 것
흘러왔다 흘러가고
흘러 지나가는
혓바닥이 잘린 여자 아이가
롤러스케이트를 타고
굴러간다
저 바다
먼 옛날 그녀는

자신을 무한까지 밀고 나갈 뿐이다

心心한 삶

한때 그들은
솔향기 그윽한 숲 속의 햇살 아래서 사랑하고
기인 산 오솔길을 걸어 내려와 막국수를 먹었다
황혼이 들면 새와 함께 잠이 들고
그들의 긴 꿈은 함께 따뜻했다
봄날이면 바퀴살을 빛내며
한강변에서 자전거를 탔다
강물이 그들의 사랑을 위하여 부르는
카니발의 아침
그렇게 물결은 곱게 흘렀다
그가 오크목의 책상 위에서 하루의 행복을 기록할 때
그녀는 블루 마운틴을 내리고
커피 향기 가득한 거실
양털의 카펫 위에서 그들은 서로의 몸과 마음을 흠향했다
거실의 분재에서 사쿠라가 피고 지고
피고 지며 시간은 흘렀다
어느 날, 문득 그들은

서로를 물어뜯어 버리고 싶었다
아무런 이유가 없었고, 만 개의 이유가 있었다
그리하여 서로의 머리채를 쥐어뜯으며
송곳니를 날 세워 서로의 심장을
살찐 정강이 살을
으르렁거리며 물어뜯었다
그 길로, 그들은 서로의 사랑을
시간의 저편에 투기하고
원수가 되기로 하였다

관음

방안은 적포도주 빛 붉은 커튼의 주름이 만들어내는 빛의 파고 수련 문양의 방석이 깔린 오크목 의자가 하나 푸석거리는 머리 가부좌 튼 남자 움푹 파인 양 볼의 굵은 주름 그의 허벅지를 의자 삼아 한 여자가 앉아 있다 부드럽게 살찐 여자의 엉덩이 한 손에 청동 칼 한 손에 놋대접 찌를 것인가 깨달을 것인가

서시

세월이 모공에 빨대를 꽂고
나를 삼투하고 있다
아, 저 소름 끼치도록 아름다운
가을 햇살이 이슥고 텅 빈
내 육신을 말리리라
순백의 뇌수 빠져나간
북어처럼 내가
팽팽한 저 시간의 빨랫줄에
매달려 있다

| 해 설 |

추억이 있는 자 불행하리, 사랑하였으므로

박상수(시인, 문학평론가)

사내는 비 오는 창밖을 바라본다

여기 사랑을 잃고 홀로 국숫집에 앉아 있는 한 사내가 있다. 창밖으로 가을비는 내리고 멸치육수에 담아낸 국수는 더운 김을 피워 올린다. 사내는 홀짝거리며 무언가를 마시고 있는 것 같기도 하다. 젓가락을 쥔 섬세한 손가락이, 사내의 기우뚱한 어깨가, 넋을 놓고 그가 바라보는 바깥의 비 오는 풍경이 차례로 겹치면서 왜 이렇게 마음이 아픈 것일까. 그래, 허전하고 남루하여라. 한때 불타오르던 열망도, 기쁨도, 욕망도 모두 사그라들고 잔불 속 남은 불씨들을 뒤적여보지만 비와 함께 재마저도 식어간다. 깨진 화분에, 기울어진 웅덩이에 빗물이 고이는구나. 지나간 것은 지나간 것, 흘러간 것은 흘러간 것으로 보낸다 해도, 그러나 무엇보다도, 한때 거기, 사랑이 있었는데, 사랑은 어디가고 나만 혼자 여기 남아 있는 것일까……. 사내는 말없이 고개를 흔들다가 가볍게 웃는다. 국수그릇에 입을 가져다댄다. 비리고 뜨거운 국물이 입안을 가득 채운다. 면발을 한입 베어물어보지만 허전함은 지워지지 않는다. 사내는 이내 젓가락을 내려놓는다. 창밖을 내다보면, 거기, 사내에게서 이미 떠난 것들이, 지금 떠나가는 것으로 다시 눈앞에 살아난다. 오늘 같은 날, 이 선명한 슬픔을 어찌해야 할까. 덧없는 추억이 식욕보다 강렬하게 스크린을 가득 채운다. 지직거리며 영사기는 계속 돌아간다. "그래, 한때 거기 사랑이 있었지 / (…) / 모든 것이 그래, 우연이었지만 / 거기 한때 사랑이 있었지"(「호세 펠리시아노」).

탱고의 에로티시즘

당신이 이 삶을 어느 정도 살았고, 어떤 노력을 기울여도 삶을 다시 시작할 수 없다는 불가항력의 슬픔을 견디고 있다면, 이철송이 보여주는 세계에 깊이 공감하지 않을 수 없을 것이다. 당신이 인정하기 싫어 발버둥을 친다 해도, 이미 돌이킬 수 없는 지경으로 삶이 흘러가버렸음을 문득 깨닫게 된 어느 날, 밀려드는 공허감 앞에서 고통 받다가 문득 이철송의 시집을 펼쳐들어도 마찬가지일 것이다. 이철송은 삶의 쓸쓸함과 남루함을 이미 알아버린 자의 감정으로, 떠나간 것들을 그리워하는 담담한 마음으로, 오랜 시간 차곡차곡 쌓아온 내면의 풍경들을 이번 시집에 펼쳐놓는다.

여기에는 지방 소도시의 지하 카페나 베트남 쌀 국숫집, 혹은 어느 강둑에 정차해놓은 자동차 옆, 기독교 병원의 뒷마당, 항문내시경 검사를 받는 병원의 침상 위, 안개에 젖은 사하촌의 민박집, 감은사지 옛 탑 근처 등 내밀한 공간이 마련되어 있어 언제든지 우리를 잊었던 그 추억의 순간으로 데려간다. 추억은 은밀한 몽상과 미련을 불러일으키기 마련지만 어쩐지 이 풍경들은 대체로 끝을 보고 온 자의 감정으로 마감처리가 되어 있어 무력하고 애달픈 느낌을 지울 수가 없다. "지는 햇빛이 강물을 일그러뜨리고 애인은 무표정하다 / 카스테레오 저편에서 랩이 금강경처럼 읊어진다 / 죽음의 무료함을 이기지 못하고 내가 말한다 // "이제 그만 가자" // "그래" // 강갈매기 한 마리 박모 속으로 사라졌다"(「薄暮」)와 같은 구절이 바로 그러하다. 애인과 지는 햇빛을 바라보는 저물녘의 이 순간은 둘의 감정이 가장 풍요롭게 공명해야 할 순간 중 하나일 테지만 시적 화자에게는 "죽음의 무료함"을 견디지 못하고 어쩔 수 없이 끝내야 하는 순간으로 다가올 뿐이다. 이것은 분명 사랑을 막 시작한 어린 남자의 목소리는 아니며, 불길 속에서 혼신의 힘을 다하여 누군가를 맹목적으로 사랑하는 자의 목소리도 아니다. 이미 지나간 사랑의 끝자락에서 더 이상 망가지는 것을 두려워하는 남자의 무료함만이 남은 목소리인 것이다.

물론 이철송의 모든 시가 이 지점에서 발화되는 것은 아니다. 이번 시집의 주조음이 여기에서 마련되는 것은 맞지만, 시집 곳곳에서 사랑이 열정적으로 타오르던 때의 흔적을 발견할 수 있다. 특히나 이철송 특유의 에로티시즘이 펼쳐지는 다음과 같은 문장들을 보자. "열사의 망고나무 / 아래, 흐느끼던 그녀의 교성을 / 나는 사랑했네 / 성난 상어처럼 이빨을 세우고 / 흐느끼던 살갗의 쾌락 / 증기선의 맥박처럼 뛰던, 뛰놀던 / 솟구치던 염통의 즐거움을 나는"(「가부좌 튼 야만인」)이라든지 "나, / 너의 피와 / 애액과 / 오물이 섞여 / 내 정맥을 흘렀다 / (어디선가 흥겨운 뱃노래)"(「琉璃」)라든지, "육체에선, 유쾌한 분비물, / 미끌미끌한 내 삶이, / 깊은 자궁 속에서, 불려나와 / 반도네온에 섞이며, / 춤을 추었다"(「탱고 0」)거나 "여승은, 천천히 아이스크림을 핥는다 // 구석구석 부드럽게 / 얕게 / 깊게, 빠는 // 세 치 혀의 세밀한 점진수행"(「女僧」)과 같은 구절들이 그러하다. 시인에게 점액질의 끈적한 육체의 쾌락은 삶의 모든 남루를 잊게 하는 지극한 고양의 상태이다. 이철송의 시가 감각적으로 가장 몰입하여 빛날 때가 바로 이 순간이다. 무엇보다도 '성난 상어처럼 이빨을 세운' '살갗의 쾌락', '염통의 즐거움', '육체의 유쾌한 분비물'로 이어지는 감각적 몰입이 가장 격렬한 상태에 이르는 것은 바로 「탱고」 연작에서이다.

> 한 여자가 몸을 가르며 울었다 / 아, 그 목젖 끝의 신음 소리 // 울던, 울부짖던 / 낄낄거리던, / 혹은 조소하던, 그 소리 // (라스게아도로 연주되는 거트현) // 창자를 비틀 듯, 애가 끓듯 / 한 여자가 울었다 / 몸을 가르며 / 울었다
>
> —「탱고 1」, 부분

오, 나를 할퀴어줘 / 나의 등허리를, 나의 둔부를 / 너의 그 삼천 년 된 긴 손톱 끝으로 / 내 몸에 피의 홈을 파줘 / 나를 짓이겨줘 / 돌기 돋은 / 너의 혓바닥으로 / 나를 맛보아줘 / 나의 피를 핥아줘 / (감미롭게) / 그리하여 / 당신의 염통 그 어딘가에 / 나를 심어줘 / 쾅쾅 / 내 해골로 오함마를 만들어 / 쾅쾅, 나를 / 말뚝 박아줘

—「탱고 4」, 부분

제 팔목을, 면도칼로, 긋는, / 귀여운 송곳니를 날 세워, / 죽어가며, 나를, 저주하는, / 사랑하는, 나를, 물어뜯는, / 나의 작은 독사 // 나 죽어 // 잘 가 // 욕탕의 물이 애인의 피로 / 붉어갈 때 / 언어학 입문을 덮고 / 난, 라 콤파르시타를 전축에 올렸지 // 레퀴엠 // (제이비엘 스피커를 울리며 애인을 장송하는, 나를 흥겹게 하는)

—「탱고 2」, 부분

실제 추억에서 출발했다기보다는 두 명의 남녀가 완벽하게 서로에게 몰입하여 춤을 추는 이미지와 그 배경으로 연주되는 탱고 음악이 주는 복합적·정서적 느낌에 시적 화자가 흠뻑 도취하여 자신의 감각을 최대한 밀고 나가 형상화한 것이 「탱고」 연작으로 보인다. 이들 시에서는 "쾅쾅 / 내 해골로 오함마를 만들어 / 쾅쾅, 나를 / 말뚝 박아줘"와 같은 표현에서도

알 수 있듯이 기억의 리얼리티나 섬세함보다는 격정적인 탱고 음악의 감동을 관념화된 공간 속의 남녀가 나누는 사랑에 대한 극한의 표현으로 연결시키는 에너지가 무엇보다 강하게 돌출된다.

특히 인상적인 것은 육체의 감각적 몰입이 끝내 죽음과 만난다는 점일 것이다. 사랑은 절정을 향해 치닫고 그렇게 치달은 감각은 모든 것이 무화되는 죽음과 만나며 사랑을 극단으로 몰고 간다. 인용 시에서 시적 화자는 자신의 죽음을 요청하기도 하고 애인의 죽음을 유도하거나 감상하기도 한다. 이때의 죽음이 일종의 '유사 죽음'으로써 에로틱할 수 있는 것은 죽음에 이른 절정이야말로 연인의 상호독점적 결속을 증명하는 부인할 수 없는 증거이기 때문이다. 이 세상에서 유일하게 당신만이 나를 이 지독한 쾌락에 닿게 하고, 유일하게 나만이 당신을 그처럼 격렬한 쾌락에 들게 하는 것이니 섹스를 나누는 연인이 확인하는 서로의 '오르가슴'이야말로 상대에 대한 소유와 독점, 자신이 상대에게 행사하는 절대적 힘을 확인하고 확인받는 가장 이기적이며 나르시시즘적인 책무인 셈이다. 그런 이유로 우리는 그토록 섹스의 절정에 집착하는 것인지도 모른다.

따라서 이철송의 「탱고」 연작은 다분히 연극적인 분위기 속에서라도 그 끝에 도달하려고 감정을 끝까지 밀어붙인다. 「가려운 피」 역시 「탱고」의 연장선상에서 "이, 간지러운 피, / 향이 타, 내가 타, / 향이 죽어가, 내가 / 죽어가, 피가 /

피가, 가려워"라고 중얼거리는 목소리를 통해 바로 죽음과 맞닿은 절정의 육체적 감각을 지금 여기에 되살려내기 위한 자기주술적 예언으로 작동한다고 해도 과언이 아니다. 피가 끓어오르기를, 내 스스로를 파괴하여서라도 죽음과 맞닿은 이 쾌락이 다시 피어오르기를, 그는 간절하게 바라는 것이다.

그러나 사랑은 '사쿠라, 사쿠라'

육체의 감각을 중시하는 이철송에게 쾌락의 끝은 죽음이기도 하지만 동시에 종교적 구원의 일주문에 들어서는 길이기도 하다. 왜냐하면 사랑을 통해, 사랑의 솔직한 쾌락을 통해 죽음에 닿을 수 있다면 바로 그 죽음 이후 이 삶에서 저 삶으로 건너갈 수 있는 구원의 가능성이 열리기 때문이다. 이런 이유로 이철송의 시에서는 육체의 감각이 종교적 분위기와 만나 제 가능성을 타진하는 일들이 자주 생긴다. 그러나 이러한 분위기는 의미심장한 한 세계를 형성하지는 않는데 다시 한 번 말하지만 그가 이미 사랑의 끝을 보고 온 사람의 경험을 갖춘 자이기에 그렇다.

"양털의 카펫 위에서 그들은 서로의 몸과 마음을 흠향했다 / 거실의 분재에서 사쿠라가 피고 지고 / 피고 지며 시간은 흘렀다 / 어느 날, 문득 그들은 / 서로를 물어뜯어 버리고 싶었다 / 아무런 이유가 없었고, 만 개의 이유가 있었다 / 그리하여 서로의 머리채를 쥐어뜯으며 / 송곳니를 날 세워 서로의 심장을 / 살찐 정강이 살을 / 으르렁거리며 물어뜯었다 / 그 길로, 그들은 서로의 사랑을 / 시간의 저편에 투기하고

/ 원수가 되기로 하였다"(「心心한 삶」)를 보라. 세상의 그 많은 사랑은 어째서 시간의 가혹한 마모를 견디지 못하는가, 라는 질문은 어리석은 질문일 것이다. 시간을 견디고 점점 깊어지는 사랑을 만나는 일이 얼마나 어려운 일인지 우리는 너무나 잘 알고 있지 않은가. 「心心한 삶」은 이에 대한 이철송 식의 대답이리라. 사랑이 어느 날 원수가 되어 있다니. 마음을 다했음에도 불구하고 문득 내 앞에 선 당신이 낯설게 보일 때, 애초에 사랑은 있기나 있었던 것인가 자문해보겠지만 상처는 깊어질 뿐이다. 덧붙여 "전생이 있다고 생각해? 업이라는 걸 믿어? (…) 그녀는 물었지 나는 대답을 하지 않은 채 식당 문 밖을 멀거니 쳐다보았어"(「설원의 자야」)라는 구절을 읽으면, 어쩐지 이 말은 '당신과 나는 전생의 어떤 업을 쌓았기에, 어떤 인연으로 여기서 이렇게 만난 것일까' 라는 자기 연민과 동시에, '모든 것을 버리고 나와 함께 떠날 수 있느냐'는 질문을 돌려 말하는 애인의 목소리가 들리는 것 같기도 하다. 시적 화자는 이 질문에 쉽게 답을 하지 못한 채 딴청을 피울 뿐이다.

다른 세상의 출구일 거라 믿었던 애인이, 지금 삶에 만족하지 못하고 마침내 다른 삶을 꿈꿀 때, 이 삶을 버리고 떠나겠다고 말할 때, 시적 화자는 선뜻 그 사랑의 동행자가 되지 못한다. 어찌해도 내가 너의 공허를 전부 없애주지는 못할 것이라는 절망이 전제되어 있음은 물론이다. 여기에 "요기가 되기 위해 / 네팔로 떠난 옛날 애인이 생각났어 / 내 몸을 음속 돌파해 나를 (떠나) 버린 / 여자 / 내 생이 그때 탕, 튕겨졌다고나 할까”(「밤의 밀롱가」)라든지 “나를 버린 애인은 지금쯤 / 인도 어디 네팔 / 산자락 혹은 / 구천을 떠돌고 있으리라”(「아침 장례」)와 같은 구절을 겹쳐 읽으면 또 어떠한가. 마침내 “애인을 위하여 죽을 수 없는, 나는 / 횟집 유리창 밖 비를 보며 / 홀로, 매운탕을 먹었다”(「비」)까지 더해 읽으면 애인을 위해 목숨조차 내놓을 수 있다고 생각했던 화자가 애인을 위하여 자신이 결코 죽지는 못할 것임을 자각하고 거리를 두며 애인을 떠나보내는 과정을 상상해 볼 수 있지 않은가?

그렇다면 이 사랑을, 어느 한쪽이 버리고 다른 쪽은 버림받은 일방적인 관계로 볼 수는 없을 것이다. 서로를 위해 죽을 수 있을 거라고 믿었던 사랑의 주술이 시간의 마모를 견디지 못한 채 효력을 잃고, 마침내 제 민낯을 드러낸 것이라고 말해야 옳지 않겠는가. 환상은 사라지고 현실은 남는다. 다른 삶은 막히고 지금 여기의 삶은 지속된다. 애인은 떠났지만 시적 화자는 여기에 남았다. 이제 할 수 있는 일이라고는 홀로 매운탕을 먹으며 나를 떠나간(혹은 내가 떠난) 애인을 추억하는 일뿐. 누가 이 통속적 사랑의 이야기에서 자유롭겠는가. 누가 자신 있게 이 사랑을 그저 ‘통속’이라고 치부할 수 있겠는가.

없는 것을 느끼는 병

그런 의미에서 “아래서, 해탈로 가는 문을 찾는 그대들이여 / 부디 성불하시라”(「頌 거시기」)는 말은 사랑을 꿈꾸어 다른 세상으로 건너가보고자 했던 자의 회한이 담긴, 사랑의 끝을 보고 온 자의 담담한 애사(哀詞)이자 쓸쓸한 축원(祝願)이다. 벚꽃이 날리는 나날의 기쁨인 줄 알았던 사랑은 겨울나무 아래의 한바탕 눈속임(사쿠라)이었는지도 모른다. 처음 사랑이 마침내 그 사랑으로 완결된 세계에 살 수 있다면 행복할 테지만 그렇지 못한 사람들의 삶이 너무 많아서 우리는 더 아프다. 물론 추억하는 일을 쉴 수는 없을 것이다. 「入院」과 같은 시는 "후배가 술 마시고 내친 주먹에 골절된 안와골" 때문에 병원에 입원하였음에도 불구하고 가장 아픈 순간에 다시 애인을 그리워하는, 이 멈출 수 없는 그리움을 보여주는 작품이다.

전신 마취는 漸修더군, 확 깨지를 않아
올라갈 듯, 올라갈 듯 기갈이 나는데
그 환장할 오르가슴이 오지를 않더군
진통제를 맞고, 흐릿한 의식으로 창밖을 보았어
(…)
그리고 나를 떠나간, 나를 버린, 나를 짓이긴
(것 같았던) 옛 애인에게 전화를 걸었지
(아프다, 집에서 근신해라)
수화기 저어편에서 깔깔거리는, 웃음소리가
들리더군 깔깔깔깔깔깔, 숨 넘어가는, 나도 막,
낄낄낄낄 콧물이 나고 눈물이 흐르며, 담배가 피고 싶었는데
잠이 들었나봐 눈을 뜨니 맞은편 침대

대장암으로 개복 수술한 정선 군내버스 기사
김여인(49세 男) 씨 부부가 도란거리며 밥을 먹고 있었어
아, 그걸 보니 울컥 눈물이 나는 거야
開眼? 頓悟漸修? 개똥 같은,
아내가 받아다 준 밥, 나도 맛나게 먹었지

—「入院」, 부분

앞서 끝나지 않는 그리움을 호명하며 짙은 감수성으로 되새겼던 시편들과 달리 이 작품이 흥미로운 것은 애인에게 전화를 걸었던 장면(아마도 꿈을 꾼 것 같은)이 유희적 초탈함으로 한바탕 신선한 감각을 선사했다가 다시 현실로 돌아오면서 다르게 의미화되도록 만드는 마지막 장면의 겹침 때문일 것이다. 눈을 떠보니 맞은편 침대에서 대장암 수술 받은 남자가 아내와 함께 도란도란 밥을 먹고 있는 장면을 보고 시적 화자는 울컥 눈물이 나고 만다. 병을 통해 '개안'이니, '돈오점수'니 불교적 깨달음과 형이상학의 경지를 엿보려고 나름 무게를 잡던 화자가 애인의 웃음소리에 한 번 전복을 경험하고, 그 전복이 주는 감추어진 깨달음—아마도 자신의 바보 같음에 대한 통쾌한 인정을 경험한 뒤에 비로소 현실로 돌아왔을 때, 자기 육체가 처해 있는 이 실제의 삶이 주는 무게를 더 선명하게 자각하게 되었다고 할까.

눈앞에 닥친 삶을 지금 여기에 없는 애인이 대신 짊어져줄 수는 없는 일이다. 결국 시적 화자는 "아내가 받아다 준 밥,

나도, 맛있게 먹었지"라고 마지막을 적는데 이것은 이철송이 결코 포기할 수 없는 삶의 두 축을 선명하게 보여주는 장면으로 읽힌다. "내 여자 너는 끝내 오지 않고 포호아에서 홀로 레몬즙을 짜 쌀국수를 먹었다 닭고기를 우려낸 국물은 슬펐고"(「막달라 마리아」)에서처럼 이제 떠나간 애인은 단순히 애인이 아니라, 흘러간 청춘이기도 할 것이며 가버린 세월이기도 할 것이다. 또한 우리가 잃어버린 그 모든 아름다운 것에 대한 호명일 수도 있을 것이다. 그 아름다움의 기준에서 보자면 안와골이 골절돼 병원에 있는 시적 화자는 육체 하나 제 마음대로 간수하지 못해 궁지에 몰린 한낱 애처로운 존재일 수 있는 것. 그러나 애인을 통과하여 그 애처로움을 스스로에 대한 쾌활한 인정으로 자리매김하고 나면 오히려 지금 여기의 삶에 대한 집중력은 더 높아지지 않겠는가. 이번 시집에서 바로 이 시의, 이 순간만큼 화자가 눈앞의 음식에 순수하게 몰입하는 때는 다시없는 것 같다. 늘 눈앞의 음식을 두고 너머의 다른 것을 추억해온 시적 화자에게 저기의 꿈과 여기의 삶이 드물게 통합되는 이 순간은 그만큼 이채롭고 인상적일 풍경인 것이다.

하지만 이 시인의 이력 안에서 지금 여기에 없는 것을 그리워하고, 때문에 아프고 허전한 마음은 앞으로도 쉽게 치유되지는 않을 것 같다. "없는 것을 느끼는 것은 병"(「공황장애」)이지만 바로 그 병의 상태로만, 병에 깊이 빠져 있을 때만이 시가, 삶의 감각이 예민하게 살아난다. 즉 없는 것에 대한 감각이야말로 다른 삶에 대한 꿈을 가능케 하는 것이기에 떠나간 애인을 그리워하는 일은 쉽게 포기할 수 없는 지속적인 꿈이 된다. “아무도 없는, 떠나버린, 이 아침은 역시 / 고백컨대 외롭다”(「아무도 없는 아침」)고 말하며 비 오는 날, 시적 화자는 다시 국숫집을 찾아가게 되지 않겠느냐는 말이다.

그런 의미에서 “추억이 없는 자 행복하리 / 죄 짓지 않았음으로”(「木浦 노을」)라는 성찰은 이번 시집의 가장 빛나는 지점인지도 모른다. 다만, 우리는 이 말을 이렇게 바꾸어볼 수 있을 것이다. ‘추억이 있는 자 불행하리, 죄 지었음으로’라고. 죄란 바로 뜨겁게 사랑하였음을 가리키는 다른 말일 터이다. 사랑에 아파본 사람들만이 자신의 죄를 인정할 테니까. 그렇다면 이 문장은 한 번 더 다시 씌어져야 한다. ‘추억이 있는 자 불행하리, 사랑하였으므로…….’ 이철송의 시는 사랑이라는 죄를 짓고, 추억 때문에 불행한 자들을 위한, 가을 저녁의 밀주(密酒)이다. “옛 애인도 안녕 / 나는 잔다네 오늘 하룻밤을 튀니지아에서 / 튀니지아國 서대문구 북가좌동 2-49 / 호텔 튀니지아 1024호 / 안녕 바텐더, good night 베티,”(「튀니지아에서의 하룻밤」)를 따라 읽다보면, 국수 국물은 식어가고 밀주 잔은 비어간다. 그리고 빗소리, 빗소리. 취한 듯 그 사람을 떠올려보지만 떠난 그 사람은 돌아올 줄을 모르고, 흑인 재즈트럼펫 연주자의 음악은 영원히 멈추지 않는다.

땅고風으로 그러므로 희극적으로

초판 1쇄 발행 2016년 01월 30일

지은이 이철송
펴낸이 조기조
펴낸곳 도서출판 b
편 집 김장미 백은주
표 지 테크네
인 쇄 주)상지사P&B

등록 2003년 2월 24일 제12-348호
주소 08772 서울시 관악구 난곡로 288 남진빌딩 401호
전화 02-6293-7070(대) 팩시밀리 02-6293-8080
홈페이지 b-book.co.kr 이메일 bbooks@naver.com

ISBN 979-11-87036-02-9 03810

값_9,000원